梦里田园

刘正功 著

临淮千里中流，
浪激雪堆泚河口。
赵桥谁架？
池星渠网，
香菱玉藕。
北水鳞光，
南湖芦絮，
村头杨柳。

北方联合出版传媒（集团）股份有限公司
春风文艺出版社
·沈阳·

© 刘正功　2013

图书在版编目（CIP）数据

梦里田园/刘正功著．— 沈阳：春风文艺出版社，
2013.7（2024.8重印）
ISBN 978 - 7 - 5313 - 4477 - 3

Ⅰ．①梦… Ⅱ.①刘… Ⅲ.①古体诗—诗集—中
国—当代 ②词（文学）—作品集—中国—当代 Ⅳ. ①I
227

中国版本图书馆CIP数据核字（2013）第128808号

梦里田园

责任编辑	白　光　姚宏越
责任校对	潘晓春
装帧设计	冯少玲
幅面尺寸	150mm×230mm
字　　数	73千字
印　　张	7
版　　次	2013年7月第1版
印　　次	2024年8月第2次
出版发行	北方联合出版传媒（集团）股份有限公司 春风文艺出版社
地　　址	沈阳市和平区十一纬路25号
邮　　编	110003
购书热线	024-23284402
印　　刷	永清县晔盛亚胶印有限公司印刷

ISBN 978-7-5313-4477-3　　　　　　定价：45.00元

常年法律顾问：陈光　版权专有　侵权必究　举报电话：024-23284391
如有质量问题，请与印刷厂联系调换。联系电话：024-23284384

像一股清新的风，从田野吹来（代序）
——读刘正功的诗

　　第一次读正功的诗，是在去年年底。当时我向正功约稿，他欣然答应，并很快交稿：诗十六首。我一口气把它读完，顿时眼睛一亮，感觉像是一股清新的风，从田野吹来，令人耳目一新，心旷神怡，也不由得使我一下子就喜欢上了他的诗。

一、炽热的赤子情怀

　　记得诗人艾青写过这样的诗句："为什么我的眼里常含泪水？因为我对这土地爱得深沉……"是啊，我们对世界的理解往往是从家乡这块土地开始的，一个人只有将自己的家园刻进灵魂，才会做她最好的儿女……正功的诗，大多取材于其家乡——淮北平原的农家生活和田园风光，既有对现实生活的倾情描写，也有对儿时经历的温馨回忆，更有对家乡环境恶化的深深忧虑，表达了一个异乡赤子关注家乡、依恋家乡、热爱家乡的拳拳之心。正是这种发自内心深处的对家乡的热爱，激发了作者的创作才思，使得其诗歌创作一发而不可收。如本书收录的"回乡四首"，据我所知，正功在回乡探亲短短两天的时间里，有感于家乡风土人情、生活习惯，以及环境的变化，以"回乡"为题创作的诗歌实际达二十首之多。

正功写家乡，都是他再熟悉不过的人和景，融入他真挚的情感，幻化出的诗句亲切而又自然。如他写自己祖父："老翁无力事农耕，依柳闲坐轻摇扇。不识门前行路人，招手相邀吃晌饭。（《乡翁》）"一个上了年纪的农夫，独自坐在柳树下乘凉，见有人从门前的路上经过，虽老眼昏花认不出行人，但都热情地邀请留下来吃晌饭，把一个慈祥、热情的农村老人描写得栩栩如生。"牧童悠然不牵缰，却对行人做鬼脸（《雨中淮北》）""放羊小河边，牧童不着履。但等云影来，齐追二三里。（《追云》）"寥寥几句，似是轻描淡写，却把农村少年顽皮、活泼、可爱的形象描写得呼之欲出。

在正功的笔下，农村的景色永远是那样迷人，如"漫天雨淋，一路苍翠满眼。（《雨中淮北》）""一片豆儿绿，一片稻儿黄。（《途中》）""一汪碧水四周稻，三五白鹭塘边闹。（《秋景》）""稻穗沉，豆荚裂，万里平畴万里黄金叶。（《五河秋景》）"加上那些我们再熟悉不过的词汇，如"拉魂腔"、"西坝口"、"沫河口"等，仿佛一下子就把我们带回到了那片生生不息的黑土地，带回到了生我们养我们的可爱的家乡，使我们感到格外亲切。

在这里要特别提到一首诗《喜欢》，这不是一首旧体诗，但正功通过贯穿全篇的"喜欢"，用每句十一字的固定句式，向我们描绘了农村几乎所有美丽的景色和美好的画面，而这些景色和画面很多已经见不到了，甚至可能永远都见不到了，这不能不说是一种遗憾。而正功的这首诗恰恰是有些立此存照的意思，对家乡的挚爱之情跃然纸上，也让读过这首诗的人百感交集，为之动容。

以正功目前的写作风格及我对他的了解，我相信，家乡，家乡的人，家乡的一草一木，家乡的每一点变化，将永远是他用之不竭的创作源泉。

二、鲜明的艺术特色

正功的诗歌创作虽然起步很早，但真正进入较为成熟的阶段，也只是最近几年的事。从本集收录的诗作可以看出，正功的诗词主要有以下特色：

一是达意为上，不拘旧格。本集收入的正功诗作，大致可分为三类，第一类是前面部分的长短句，第二部分是五言和七言，第三部分是按照词牌格律填写的词。

第一部分的长短句大概有十四首，虽是长短句的形式，却没有按照词牌填写，形式较为自由灵活，兴之所至，意到句成，不为格律所囿。正功一直主张以宽容和开放的态度来对待诗词创作，既要尊重诗词的基本格式，又不必拘泥于古音古韵。随着普通话的推广，完全可以用汉语拼音规定的音韵来填写诗词，这样才可能最大限度地调动年轻人学习、写作旧体诗词的兴趣和热情，也才能使旧体诗词得到更好的继承和发扬。

可以说，这十四首长短句是正功在诗体方面做出的有益探索，他希望通过这样一种虽没有固定格律，但也注意平仄和韵律的错落有致的句式，来灵活方便地表达作品的意境和思想。

在本集中，五言和七言的作品占了大多数，但这些五言和七言同样也没有按照五律或七绝、七律的格律填写，虽都是随性之作，但基本的平仄和韵律还是考虑到了的。而且其中也不乏上佳之作，如"岭上耕田不成方，依势参差各短长。旱育豆秣水栽稻，几层青绿几层黄。（《岭上》）""一山烂漫不见花，霜浸千树叶如霞。赤橙绿黄竞争艳，秋色从来胜春华。（《秋之秦岭》）""夜发幽香入脾肺，晓带清寒映窗棂。一树白梅凌雪放，冷光熠熠摄人魂。（《白梅》）""西山含日霞满天，七彩云霓映清潭。柳条蘸水乱鱼阵，春风快意托纸鸢。（《春日即景》）""风歇柳林谧，水静灯影直。更深蛙唱远，游人夜归迟。（《夏夜之一》）"等等。

二是色彩斑斓，画面感强。读正功的诗，有一个强烈的感受，那就是他特别注重色彩的运用，五颜六色在他的诗里俯拾皆是。如"一筐草青，一串鱼白"、"一路苍翠满眼"、"黄斗笠，小花伞"、"只洇染一抹橘红"、"枫叶如血"、"湿透残红"、"碧水河，青草地"、"杏白桃红菜花黄，麦绿油油"、"青茄子，红辣椒"、"绿珍珠，紫玛瑙"、"几抹黄几缕赤，金镶银饰"、"红果绿蔬田园画"、"赤橙绿黄竞争艳""红黄绿紫巧布排""山裹苍翠满地红"、"半山绚烂半山苍"、"春赏翠绿秋赏黄"等等。

正因为这些色彩的运用，使得他的诗画面感极强，有的像一幅水彩画，色彩斑斓，有的像一幅水墨画，朴实清新。如：

"莫道城中无景致，独赏楼台，小园秋色正妖娆——青茄子，红辣椒。（《楼台感赋》）""稻穗沉，豆荚裂，万里平畴万里黄金叶（《五河秋景》）""随手涂来画万里，几抹黄几缕赤，金镶银饰，深深醉，彩霞余晖落日。（《雨后》）""碧水河，青草地，垂杨柳，杏白桃红菜花黄，麦绿油油。（《西坝口》）"

"千里阴霾一朝除，草翠松苍入画图，玉鸟不畏清秋洌，啼鸣婉转唱溪竹。（《晴明日》）"

这些诗句犹如一幅幅绚丽的水彩画，展现在我们读者眼前的是青、红、黄、白，绿、金、银，彩霞、落日，是斑斓的色彩和明丽的画面。

又如："近山浓，远山淡，泼墨渲染无需向画里看，烟雨中，江南岸。（《雨中江南》）""偶宿半山居，听松夜拢衣。举头欲寻月，月在数峰西。（《山居》）""云散雨收淝水宽，一轮夕阳照孤船。竹篙斜插艄公去，岸上茅屋起炊烟。（《北淝河即景》）""沟渠纵横池塘满，篱笆错落蔬果新。炊烟袅袅妆暮色，杨柳依依入画屏。（《村庄记忆》）""梧桐枝颤，柳条儿疏乱。碧水斜阳晚归雁。《洞仙歌·和某君》""溪出两山间，日隐孤峰后。暮霭轻薄软软风，池水盈盈皱。（《卜算子·山乡》）""北水鳞光，南湖芦絮，村头杨柳。（《水龙吟·故乡》）"

这些诗句则又像一幅幅水墨画呈现在我们的面前，让人浮想连篇，回味无穷。可以这么说，正功写诗，他的笔不是蘸着墨水，而是用饱蘸着感情的诗笔勾勒了一幅幅绚丽的艺术画面：充满了生活的欢欣，散发着浓郁的乡土气息。

三是语言平实，力戒晦涩。一般初写旧体诗的人，总喜欢追求艰涩深奥，似乎不如此便算不得旧体诗。正功则恰恰相反，他的诗语言平实无华，清新自然，构思巧妙新颖，以小见大，深受我国古代田园派诗人的影响。如：

"漫天雨淋，一路苍翠满眼。村庄儿女勤趁早，低语浅笑随风远。黄斗笠，小花伞。水流湍湍，到处沟满渠满。牧童悠然不牵缰，却对行人做鬼脸。笛声脆，老牛缓。（《雨中淮北》）"

"劳力耘田一排排，埂头出没小童孩，挥镰割草饲耕牛，汗湿脊背，晒红双腮。矮矮沟坎作跳台，裸身戏水最开怀，随手摸得鲤鲫归，一筐草青，一串鱼白。（《割草少年》）"

"一副秋千挂杏枝，一双小儿相与戏。

一推一悠一串笑，一阵花雨洒满地。（《打悠》）"

"左舞绿柳枝，右挎红草莓。谁家俏女儿，身披彩霞归。（《春日偶见》）"

"一汪碧水四周稻，三五白鹭塘边闹，秋风无痕雨如丝，小儿俨俨学垂钓。（《秋景》）"

这不由得使我想起宋朝诗人范成大的"童孙未解供耕织，也傍桑阴学种瓜。"及辛弃疾的"大儿锄豆溪东，中儿正织鸡笼。最喜小儿无赖，溪头卧剥莲蓬"的诗句。从这里也同时可以看出正功的诗作受到古典诗词的影响的一个侧面。

还有一首诗《中秋》：中年无奈万事缠，秋也不得闲，春也不得闲。逢节总盼儿孙还，倚门望，双亲眼欲穿！

月是儿时圆，饼是儿时甜，儿时不知世上有愁烦。粗茶淡饭养，个个都撒欢！

作者用平淡的近乎口语化的语言，抒发了"每逢佳节倍思亲"的内心感受。同时这还是一首藏头诗，上下阕首二句巧妙地嵌入"中秋"和"月饼"，使得全诗别有一番韵味。

当然，语言平实不等于出不了好诗句，在正功的诗中，就有这样一些既平实又精彩的诗句。如："禁不住一声拉魂腔，惊飞起千只雀""最怜一地衰草，湿透残红""双手推开半湖秋，山披霜色，雾掩轻舟""朝日何奈秋雾浓？只洇染一抹橘红。""炊烟袅袅妆暮色，杨柳依依入画屏。""醉翁搔首觅诗句，新月佳人两朦胧。""春风一夜沿河绿，湖水轻摇万树花。""双轨远处合，夜幕四周悬。

"灯柔万家暖，云轻孤月寒。""慢卷帘笼夜醉人，星似灯烛月如玉。""船随江流雨随风，九马依稀雾复浓。""竹篙斜插舠公去，岸上茅屋起炊烟。""雨将珍珠挂秧叶，风在稻穗颤悠悠。""枯叶不掩初芽绽，万点春色柳梢来"等等。

三、强烈的忧患意识

随着工业化程度的提高，农田大面积减少，环境迅速恶化；而随着城乡一体化建设的推进，农村自然村落的数量也在快速下降，这引起了正功的深深忧虑。他曾经发微博呼吁：再不注重环境保护，唐诗宋词中那些优美的山水田园风光将消失殆尽，终有一天，唐诗宋词将被当作科幻文学来读。

这样一种忧患意识在他的诗中也有突出的反映。如他写《村庄记忆》：

一座村庄一片林，茅舍庭院覆浓荫。

沟渠纵横池塘满，篱笆错落蔬果新。

炊烟袅袅妆暮色，杨柳依依入画屏。

夜闻犬吠零星起，雄鸡万声报晓明。

这是一幅多么美好、祥和的乡村生活画卷！但这只是作者儿时的记忆，这样的景色现在已经很难见到了。

再如他写《西坝口》：

记得当年西坝口，碧水河，青草地，垂杨柳，杏白桃红菜花黄，麦绿油油。林间一介书生，独享世外清幽。

三十年后再来游，满目高楼。心事茫茫问旧友，人道是：车水马龙繁华处，尽是昔日田畴！

诗的前半部分，写得非常美，画面美，意境美：春光明媚的艳阳天，碧波荡漾的小河，青青的草地，婀娜多姿的杨柳，白如雪的杏花，红似火的桃花，黄澄澄的菜花，绿油油的麦苗。真是春和景明，赤橙黄绿青蓝紫，谁持画笔绘锦绣？此时一个学生，不是赏花观景，而是在寂静清幽的树林里，排除世间一切纷扰，全神贯注地读书学习。诗的后半部分，笔锋一转：三十年后再来游，昔日的美景已经不见，见到的是，高楼林立，车水马龙，一片繁华的景象。作者是在赞美繁华吗？即使是，我想在赞美中也含有深深的惋惜。

再如《回乡之十二》：

水中荷花岸边柳，女儿浣衣少年游。

曾经绝美诗画处，池塘干涸渠断流。

这就是农村现在的景象，这和他的《忆荷塘》二首中"满池荷叶满池萍，满池荷花缀莲蓬。""垂柳荷花绿映红，知了声声树荫浓"形成了鲜明的对比。

最能反映正功对环境恶化痛彻心扉的是《雨中江南》，上阕"近山浓，远山淡，泼墨渲染无需向画里看，烟雨中，江南岸。"这简直就是一幅水墨画，令人无限向往。下阕作者笔锋一转："江南风景旧曾谙，太白咏，乐天赞。而今我作江南游，独不见江水绿如蓝。浊浪翻，天空落泪人空叹！"借用两句古诗"江南风景旧曾谙"和"春来江水绿如蓝"，又搬出了李白和白居易，都是想说明当年长江是如何的美。可是作者见到了什么呢？——"浊浪翻"！也难怪"天空落泪人空叹"了！

这，可能就是正功将本诗集取名为《梦里田园》的真正原因吧。

四、题材狭窄须拓宽

以上从作者的故乡情怀、创作特色，以及多环境的关注等方面分析了正功诗作的特点，主要是从正面讲。但正功在诗词创作上还是一位新人，他的诗词还存在着明显的缺点和不足，其中最突出的问题是题材过于狭窄。从本集收录的作品可以看出，作者创作的题材主要集中在两个方面，一是描写家乡的田园风光，很多还是忆旧；二是作者现在居住地的所见所感，偶有旅途游记，但数量相对较少。题材的狭窄带来了创作和作品的尴尬，那就是作品数量很难上得去，作品也显得单调，有时甚至出现雷同。

正功诗作另外一个问题是风格比较单一，从作品来看，除其中的《春风》一诗稍显硬朗以外，其余大多是低吟浅唱，重写意轻内涵，小品式的五言和七言占了大多数，真正大气、有分量的作品还没有出现。

给正功两个建议：一是走万里路写万首诗。古代大诗人都有游历山水的经历，只有走得多、看得多，才能写得多、写得好。二是还要从田园山水中走出来，你已经以强烈的历史使命感在关注环境问题，希望你再以强烈的社会责任感来关照社会现实。你已经写了不少意境优美的洞箫牧笛，今后可多写一些反映社会现实的有分量的黄钟大吕。

于成芳

二〇一三年三月于合肥

目 录

雨中淮北

漫天雨淋，

一路苍翠满眼。

村庄儿女勤趁早，

低语浅笑随风远。

黄斗笠，

小花伞。

水流湍湍，

到处沟满渠满。

牧童悠然不牵缰，

却对行人做鬼脸。

笛声脆，

老牛缓。

割草少年

劳力耘田一排排，
埂头出没小童孩，
挥镰割草饲耕牛，
汗湿脊背，
晒红双腮。

矮矮沟坎作跳台，
裸身戏水最开怀，
随手摸得鲤鲫归，
一筐草青，
一串鱼白。

途　中

滁州又宿州，

阜阳复阜阳，

一路奔忙①。

无心赏，

沿途如画风光，

纵然是，

一片豆儿绿，

一片稻儿黄。

狂风吹云乱，

疾雨扫车窗，

---

① 余时任教材中心主任，为教材市场事奔走于皖北各市。

四顾茫茫。

细思量，

苦累都以为常，

最怕见，

男儿轻声叹，

女儿泪汪汪①。

---

① 部门员工均敬业，但常受委屈，故有此叹。

雨　后

雨霁，

碧空如洗，

乌云终被风吹去，

只剩得天边处，

堆堆白絮，

悠悠然，

变幻人物栩栩。

写意，

谁持巨笔？

随手涂来画万里，

几抹黄几缕赤，

金镶银饰，

深深醉，
彩霞
余晖
落日。

再踏征程

再踏征程又逢雨

意阑珊

眼迷离

一带蒿草悄然着黄意

匆匆夏已去

遥问亲人

秋凉可添衣?

岭　上

岭上耕田不成方，
依势参差各短长。
旱育豆秫水栽稻，
几层青绿几层黄。

秋　景

一汪碧水四周稻，
三五白鹭塘边闹，
秋风无痕雨如丝，
小儿俨俨学垂钓。

秋　晨

晓雾初开，
偶见早行人。
独自倚栏独自吟，
百鸟和，
是知音？
东看天半红，
西看楼半明。

待日出，
花影婆娑墙上舞，
叶落悄无声。
几缕轻风拂过脸，
一丝凉意沁入心，
方知是秋晨。

五河秋景

稻穗沉，

豆荚裂，

万里平畴万里黄金叶。

已然是，

收获时节。

半载耕耘未曾歇，

天作美，

老农悦。

禁不住一声拉魂腔①，

惊飞起千只雀。

---

① 拉魂腔：即泗州戏。

楼台感赋

莫道春短暂，

莫道花谢早，

莫道城中无景致，

独赏楼台，

小园秋色正妖娆——

青茄子，红辣椒。

不知世风贱，

不知人易老，

不知所以总自扰，

明月清风，

休教空樽负葡萄——

绿珍珠，紫玛瑙。

雨中江南

近山浓，
远山淡，
泼墨渲染无需向画里看，
烟雨中，
江南岸。

江南风景旧曾谙，
太白咏，
乐天赞。
而今我作江南游，
独不见江水绿如蓝。
浊浪翻，
天空落泪人空叹！

中　秋①

中年无奈万事缠，

秋也不得闲，

春也不得闲。

逢节总盼儿孙还，

倚门望，

双亲眼欲穿！

月是儿时圆，

饼是儿时甜，

儿时不知世上有愁烦。

粗茶淡饭养，

个个都撒欢！

---

① 上下阙首二句藏头，分别为中秋、月饼。

题王玉峰①赠所摄白桦图

风渐寒，

秋将暮，

万株白桦一条寂寞路，

幽幽通往林深处。

晓雾轻，

夜霜重，

枫叶如血，

由不得心为痛。

最怜一地衰草，

湿透残红。

---

① 王玉峰：吉林科技出版社原副社长，擅摄影。玉峰社长得
　知我乔迁，热情赠我摄影作品《白桦林》。

西 坝 口①

记得当年西坝口，

碧水河，

青草地，

垂杨柳，

杏白桃红菜花黄，

麦绿油油。

林间一介书生，

独享世外清幽。

三十年后再来游，

满目高楼。

---

① 西坝口位于当年五河县城西郊，现扩为城区。

心事茫茫问旧友，

人道是：

车水马龙繁华处，

尽是昔日田畴！

万 佛 湖

昨夜酒浓，
浅尝醉朦胧。
两杯伤别离，
三杯心事重。
梦里总觉柔衾薄，
雨打窗纱，
风透帘笼。

临水楼外鸟啾啾，
醒来重又抖擞。
双手推开半湖秋，
山披霜色，
雾掩轻舟。

秋　叹

琵琶叶儿黄，
葡萄叶儿落，
小园不禁秋风，
满目萧索。

柳绿桃红恍如昨，
梦乍醒，
已是半载消磨，
空叹息，
花自飘零，
人亦蹉跎！

秋　雾

无雨风湿透，
昼亦朦胧，
朝日何奈秋雾浓？
只洇染一抹橘红。

满城楼台俱无踪，
遥看高厦悬半空，
若现复若隐，
仿佛海市中。

海 棠 忆

少时轻狂，

不自量，

聚友结海棠①。

手抄油印，

秃笔展锋芒！

诚交友，

广邀贤，

才揽八方。

人人诗词歌赋，

---

① 在五河一中读高一时，与王仁武、魏斌、李文俊等创办文
学刊物《秋棠》。

篇篇锦绣文章。

更历《时代》《浪花》[1]，

六载时光[2]。

无奈人散花落，

旧梦一场！

---

[1] 《秋棠》先后更名为《时代》《浪花》

[2] 该刊物共存续约6年时间。

喜 欢

喜欢雨打房檐的滴滴答答
喜欢枝头喜鹊的叽叽喳喳
喜欢村口老车的吱吱扭扭
喜欢田间沟渠的哗哗啦啦

喜欢屋后垂柳的袅娜多姿
喜欢门前白杨的高大挺拔
喜欢墙角盛开的凤仙鸡冠
喜欢篱笆墙上的豆角南瓜

喜欢清晨草尖的晶莹露珠
喜欢傍晚时分的漫天云霞
喜欢中午知了的嘹亮歌声

喜欢夜空银河的密密麻麻

喜欢春天埂头的无名野花
喜欢夏天雨后的彩虹斜跨
喜欢秋天遍野的金黄稻穗
喜欢冬天积雪的洁白无瑕

喜欢瓦片撇出的层层涟漪
喜欢秋千荡下的花雨飘洒
喜欢学校操场的露天电影
喜欢风筝琴弦的呜呜哇哇

喜欢辛勤劳作的牛马驴骡
喜欢恬淡闲适的猫狗鸡鸭
喜欢飞进飞出的梁上燕子
喜欢蹦来蹦去的池塘青蛙

喜欢叔叔大爷的犁田号子
喜欢婶子大娘的婆婆妈妈
喜欢外婆口中的不老传说
喜欢祖父身上的质朴豁达

喜欢大年三十的合家团聚
喜欢一日三餐的淡饭粗茶
喜欢多姿多彩的乡村画卷
喜欢平凡真实的温馨老家

秋之秦岭

一山烂漫不见花，
霜浸千树叶如霞。
赤橙绿黄竞争艳，
秋色从来胜春华。

打　悠①

一副秋千挂杏枝，

一双小儿相与戏。

一推一悠一串笑，

一阵花雨洒满地。

---

① 打悠，即荡秋千。

秋 雾 浓

秋雾浓，秋雾浓，遮天蔽日四周空。

白昼沉沉暗如夜，使我不得辨西东。

侧耳可闻百鸟叫，张目难寻高楼踪。

秋雾浓，秋雾浓，秋雾融融湿帘笼。

欲将此景赋唐宋，心事茫茫人倦慵。

莫如思绪乘风远，信马由缰浓雾中。

晴 明 日

千里阴霾一朝除，
草翠松苍入画图，
玉鸟不畏清秋冽，
啼鸣婉转唱溪竹。

冬　日

庭前半顷绿，
墙角数枝花。
数九寒冬日，
春光在我家。

早 春

夹岸桃花池畔柳，
细风暖阳湖水皱，
蝶飞燕舞菜花黄，
正是赏春好时候。

村庄记忆

一座村庄一片林，茅舍庭院覆浓荫。

沟渠纵横池塘满，篱笆错落蔬果新。

炊烟袅袅妆暮色，杨柳依依入画屏。

夜闻犬吠零星起，雄鸡万声报晓明。

春　分

闻说昨日已春分，
满目枯黄景未新，
浮城岂是赏春地，
几番梦回原上村。

春 风

漫说春风暖融融，今日风疾寒意浓，

狂吹柳枝如乱发，席卷枯叶舞半空，

砖飞瓦走旌旗裂，雀藏鹰歇鸟归林

湖水汤汤波浪起，乌云低密日无踪，

虎啸狼嚎难比拟，旷野回荡凄厉声。

噫！今日之春风，

其冷，

其冽，

胜严冬！

忆荷塘之一

满池荷叶满池萍，
满池荷花缀莲蓬。
女儿更比荷花俏，
小曲声伴捣衣声。

桃　花

一树桃花开烂漫，
谁人植于路当间？
车如流水无人赏，
终教尘埃覆娇颜。

春 夜

晚风拂面春意浓，
湖水澹澹映霓虹。
醉翁搔首觅诗句，
新月佳人两朦胧。

春　感

春风一夜沿河绿，
湖水轻摇万树花。
野游无奈梦中事，
枯坐闲斋品旧茶。

夜 行

车动心飞驰，凭窗不思眠。
双轨远处合，夜幕四周悬。
灯柔万家暖，云轻孤月寒。
回望庐州隐，京华在天边。

北京皇帝码头

旧朝遗迹百年存，
河水碧透柳条新。
太后当年登船处，
钓翁闲听抖竹声。

白　梅

夜发幽香入脾肺，
晓带清寒映窗棂。
一树白梅凌雪放，
冷光熠熠摄人魂。

春日偶见

左舞绿柳枝，
右挎红草莓。
谁家俏女儿，
身披彩霞归。

回乡之一

一路桃花一路柳，

白杨列队随车走；

紫荆簇簇艳若霞，

春色直铺沫河口①！

---

① 沫河口，镇名，位于五河县西南。

回乡之六

独卧小楼无眠意，
行者声高犬声密。
慢卷帘笼夜醉人，
星似灯烛月如玉。

回乡之十一

鸡叫三番月正明，
农家生活已沸腾。
户户灶膛柴火旺，
路东频传赶牛声。

回乡之十二

水中荷花岸边柳，
女儿浣衣少年游。
曾经绝美诗画处，
池塘干涸渠断流。

忆荷塘之二

垂柳荷花绿映红，
知了声声树荫浓。
女儿岸边抛石子①，
顽童嬉闹池水中。

---

① 抛石子，女孩儿玩的一种游戏。

春日即景

西山含日霞满天，
七彩云霓映清潭。
柳条蘸水乱鱼阵，
春风快意托纸鸢。

柳　花

柳条拂人面，
花开绿茸茸。
小儿急缩手，
惊呼毛毛虫！

报　春

一夜喜雨润，
窗启满目新。
黄花绿枝俏，
无言自报春。

闲忆儿时阴雨天

新收豆秸场边码，
一声惊雷雨哗哗。
连阴十日农夫叹，
小儿绕堆采豆芽。

雨　夜

华灯万盏乱如星，
霓虹闪烁夜空明。
车行雨街飘彩练，
银河几时落凡尘？

夏夜之一

风歇柳林谧，
水静灯影直。
更深蛙唱远，
游人夜归迟。

夏夜之二

风吹湖柳荡，
云动月桂移。
侧耳闻蝉噪，
俯瞰五彩池。

追 云

放羊小河边，
牧童不着屣。
但等云影来，
齐追二三里。

园　林

错落高低山水秀，
红黄绿紫巧布排。
终归斧凿痕迹重，
不如野花随意开。

山 居

偶宿半山居，
听松夜拢衣。
举头欲寻月，
月在数峰西。

游桂林之一

再游八桂春意浓，
山裹苍翠满地红。
三角梅开十里艳，
木棉如炬映蓝空。

游桂林之二

船随江流雨随风，
九马①依稀雾复浓。
桂林山水名天下，
几人识得王正功②？

① 九马画山，漓江著名景点之一。
② 王正功，宋朝诗人，"桂林山水甲天下"一句即出自其诗。

游桂林之三

满城翠螺满城景，

最美当数象鼻峰。

曾经桂林标志处，

如今无钱不示人①。

---

① 象鼻峰四周以围墙、竹林等封闭，只有购买门票后方可进入。

春 雨

小院春来满庭芳，
一夜风雨众花殇。
黄蕊粉瓣随流水，
不改痴情送幽香。

农家早晨

鸡鸣唤东紫，农家户户忙。

雨后瓜秧绿，日初树影长。

飞燕剪柳枝，闲蛙卧池塘。

小儿呼爷回，唯恐饭菜凉。

车行淮北

四月淮北绿盈窗，
麦穗沉沉已灌浆。
农家碌碌无所愿，
风调雨顺粮满仓。

游岳西四首之客舍

客舍青青半山阴，
夜阑卧听小虫吟。
竹影婆娑窗前舞，
直引诗情到黎明。

游岳西四首之紫柳

挺立泥淖数百年，
生来九曲十八弯。
仪态万方争秀色，
半似国画半似仙。

游岳西四首之鸭嘴岩

妙道山上有奇观，
鬼斧神工鸭嘴岩。
天外衔来霞一片，
化作绕峰七彩岚。

游岳西四首之龙潭

偷得暮春半日闲，

轻踏天梯上龙潭。

酣卧溪畔君莫笑，

松风泉水慕煞仙。

楼　台

方寸楼台天地大，坐看新月檐角挂。

柔须劲蔓葡萄藤，斜风细雨秋千架。

古根香茗雅士情，红果绿蔬田园画。

夜阑欲眠更无眠，一片蛙声唱暑夏。

乡 翁

老翁无力事农耕，
依柳闲坐轻摇扇。
不识门前行路人，
招手相邀吃晌饭。

围　城

千楼万厦平地起，
西北遥望蜀山低。
唯见头顶天一片，
从此目光与蛙齐。

乡　宿

毙蚊三百汗淋漓，

秋娘①夜歌犹未息。

几番感慨方如梦，

又闻雄鸡满村啼。

---

① 秋娘：一种形状、叫声与知了相似但体稍小的昆虫。

埂 上 行

稻田露珠湿裤腿，
青黄蚂蚱绕膝飞。
田垄独行怀旧梦，
尤喜埂头草葳蕤①。

---

① 从小学到高中的暑假，每天都到田间埂头割草，交生产队以换取工分。现在，生产队没了，耕牛没了，孩子们也不需割草了，故埂头草极茂盛。

雨后苍穹

雨霁天蓝夏风轻，
白云散淡不拘形。
苍穹辽阔极目远，
日似金盘月似银。

北浉河即景

云散雨收浉水宽，
一轮夕阳照孤船。
竹篙斜插艄公去，
岸上茅屋起炊烟。

城　外

宅城碌碌不知秋，
郭外金黄满田畴。
雨将珍珠挂秋叶，
风在稻穗颤悠悠。

忆 茅 舍

一排高楼一重山，
层峦叠嶂难见天。
常忆乡村茅舍好，
美幻四季眼界宽。

和丁怀超兄

东岸桃花西岸柳，
女儿归来系轻舟。
鹧鸟翻飞啼未住，
情歌一曲佳人羞。

和张晓白《早春》三首之一

杨柳舞新绿，
桃花正泛白。
我欲嘱飞鸟，
莫教风雨来。

十月初五，由合肥之安庆

半山绚烂半山苍，
七彩难绘是秋光。
车卷黄叶漫天舞，
一路诗画到长江。

秋日旅途有感

四月携春归故乡，
白杨逶迤绿长廊。
金秋再踏春时路，
满目黄叶透夕阳。

四　季

春赏翠绿秋赏黄，
田园山色尽风光。
不劳画师五彩笔，
一夜春风一夜霜。

洞仙歌 · 和某君

梧桐枝颤，
柳条儿疏乱。
碧水斜阳晚归雁。
小庭园，
落叶铺满阶前。
休扫去，
留一幅秋画卷。

又龙蛇转换，
思绪绵绵。
天命无知百经半。
碌碌复茫然，
似箭光阴随波去，

无言自汗。

所幸是，

闲来赋辞章，

唱和有亲朋，

此生何愿？

庆春泽 · 过年

鱼潜瑶池，

琉璃满树，

莽原千里无痕。

紫气东临，

日浓风软澄明。

早闻喜鹊喳喳闹，

看谁家媳妇开门，

笑盈盈。

几缕炊烟，

袅袅升腾。

灯笼喜气屋檐挂，

有红纸香墨，

恭祝吉春。

温酒烹鸡，

一时鞭炮齐鸣。

小儿不待筵席尽，

荡秋千摇落冰晶。

醉蒙蒙，

人聚村头，

乡戏拉魂。

卜算子·山乡

溪出两山间，
日隐孤峰后。
暮霭轻薄软软风，
池水盈盈皱。

瓜豆缀青篱，
柿果皆红透。
窗内佳人逗鸟鸣，
手把鸳鸯绣。

水龙吟 · 故乡①

临淮千里中流，

浪激雪堆沫河口②。

赵桥谁架③？

池星渠网，

香菱玉藕。

北水鳞光，

南湖芦絮，

---

① 故乡位于安徽五河县沫河口镇西北约七华里，村名刘家。

② 沫河口位于淮河中段，北淝河入淮处。因入淮口激流回旋，
泡沫堆积而得名。

③ 村前北淝河有座桥，名赵桥。

④ 刘家以村庄为界，村北多水田，村南多旱地。但南北皆
多水。

村头杨柳④。

有平畴沃土，

春花秋果。

一方富，

何须走①？

传是晋槐人后②，

鹊飞临，

建圩刘陡③。

三门四巷④，

五服十代，

福凭兔佑⑤。

礼教承袭，

---

① 淮河两岸因物产丰富，百姓有"走千走万不如淮河两岸"
的说法。

② 相传，刘家祖先系由山西迁徙而来。

③ 传说，刘家祖先迁徙途中，见两只喜鹊飞落前方，以为福
地，遂在此建圩定居。

④ 刘家圩上（俗称台头）旧居由东西四个巷子构成，也表示
有四个支脉。

⑤ 传说，在刘家台头上，有一对银兔，可保佑台头遇水升高，
免受洪灾侵害。

百年迁变，
桃源依旧①。
叹乡俗涤荡，
东风无力却西风骤。

---

① 刘家地处偏僻，一向受外界影响不大，民风民俗保存较好。
但自上世纪八十年代以后，受冲击较大，乡风民俗几乎荡
然无存。

南歌子·题慈恩寺画僧
《花开见佛》牡丹图

荷洛天香远，
慈恩国色新。
画僧笔墨自天真，
转眼姚黄魏紫各纷呈。

华贵承朝露，
雍容向晚晴。
佛说禅意隐花丛，
回首大容弥勒笑无声。

早　春

新蕾如豆诗未成，
路边桃花已盛开。
枯叶不掩初芽绽，
万点春色柳梢来。

三月合肥

昨日单衣今日棉，

冬夏齐聚三月天。

纵使寒风吹寒雨，

且看柳绿共花繁。

儿时 · 夏夜

昼温似火夜风凉，
家家东路支小床。
大人说尽天下事，
小儿银河辨牛郎。

三月初二，由上海返合肥

动车飞驰过大江，独自赏景久凭窗。

千里山岭连绵翠，万畦菜花满地黄。

茶园滚滚翻绿浪，杨柳依依掩白墙。

老牛无意驮鹭鸟，水惊涟漪晃斜阳。